Für die Kinder und Lehrer
der Montessori de Terra School
sowie alle Erzieher und Kinder auf der ganzen Welt.
D.M.

Für Chuck –
danke, dass du immer an mich geglaubt hast.
T.T.B.

Dan Millman

Das Kristallschloss

Illustriert von T. Taylor Bruce

Aus dem Englischen
von Susanne Kahn-Ackermann

ANSATA VERLAG

An einem Samstag morgen gegen Ende des Sommers schaltete Danny Morgan nach dem Frühstück den Fernseher ein. Sein Vater stellte ihn wieder ab. »Du weißt, was wir abgemacht haben, Danny. Vor dem Nachmittag wird nicht geglotzt.«

»Aber hier gibt's doch sonst nichts zu tun«, murrte Danny.

»Und ob«, erwiderte sein Vater. »Zuerst kannst du mal dein Geschirr in die Spüle stellen und den Abfall hinaustragen. Und dann fällt dir schon was anderes ein.«

»Magst du mit mir Baseball spielen, Paps?«

»Tut mir leid, Danny. Das würde ich gern tun, aber ich muß noch vor dem Mittagessen einen Bericht fertigschreiben.« Und sein Vater machte sich auf in sein Büro, um zu arbeiten.

Enttäuscht stieß Danny die Küchentür auf, stellte sein Frühstücksgeschirr ins Spülbecken und trug den Abfall auf die Veranda hinaus.

»Danny, warum fragst du nicht mal Carl oder Joy, ob sie herüberkommen wollen?« hörte er seine Mutter rufen.

»Die sind doch immer noch im Sommerlager«, erwiderte er. »Mama, wann kann *ich* mal ins Sommerlager gehen?«

»Vielleicht nächstes Jahr«, antwortete sie.

»Immer heißt es ›nächstes Jahr‹«, murmelte Danny und ließ sich mürrisch auf der Verandatreppe nieder.

Er spielte mit seinem Baseball und dem Fanghandschuh herum und dachte an die Zeit zurück, als er und seine Familie hierhergezogen waren und er Joy kennengelernt hatte, die schnellste Läuferin, der er je begegnet war. Und wie er sich mit Carl angefreundet hatte, dem größten Rabauken der ganzen Schule.

Schließlich fiel ihm Socrates ein, Joys Großvater, ein ganz ungewöhnlicher alter Mann – so etwas wie ein Zauberer –, der ihm schon immer geholfen hatte, wenn er in Schwierigkeiten steckte.

»He, Mama!« rief er, »ich geh' zu Soc rüber.«

»Okay«, antwortete sie. »Aber sei rechtzeitig zum Mittagessen zurück!«

Danny rannte zu Socrates' Haus hinüber und klopfte ein paarmal an die Tür, doch niemand öffnete. Er nahm einen Stein, zielte auf den Briefkasten – und verfehlte ihn. »Das ist wohl heute nicht mein Tag«, seufzte er.

Wieder auf dem Weg nach Hause stapfte er langsam eine grasbewachsene Anhöhe hinauf. Als er an einem großen Felsblock vorbeikam, stolperte er beinahe über Socrates, der, einen Rucksack auf den Rücken geschnallt, auf dem Bauch lag und ins Gras starrte.

»Socrates!« rief Danny, glücklich, seinen alten Freund zu erblicken. »Was machst du denn da?«

Der alte Mann lächelte ihm zu. »Ich schaue mir die kleinen Burschen hier an«, antwortete er und wandte sich wieder dem Erdboden zu.

Danny kniete nieder und betrachtete die kleinen Geschöpfe. »Ach, bloß ein paar Ameisen«, sagte er achselzuckend.

»Nein, nicht ›bloß Ameisen‹«, erwiderte Socrates. »Sieh mal genauer hin – das ist ein richtiges Insektenabenteuer. Die kleinen Kerle versuchen, einen großen Brotbrocken in ihre Höhle zu schleppen. Mal sehen, ob sie es schaffen.«

Danny beugte sich vor, um besser sehen zu können. »Warum nimmst du nicht das Ding und legst es ihnen einfach vor ihr Loch?«

Socrates schüttelte den Kopf. »Das möchte ich nicht – nicht nötig, sich in die Natur einzumischen.«

»Das ist doch nicht ›einmischen‹, das ist helfen«, wandte Danny ein.

Socrates schwieg einen Augenblick und fragte dann: »Wußtest du, daß ein Küken, das gerade schlüpfen will, stirbt, wenn es nicht selbst die Eierschale aufpicken darf?«

»Was – *wirklich*?«

»Ja«, antwortete Socrates und beobachtete die Ameisen weiter bei ihrer Arbeit. »Manchmal ist es gar keine Hilfe, wenn man zuviel hilft.«

Danny nickte, setzte sich hin und schlang die Arme um die Knie. Er schwieg eine Weile und fragte dann: »Socrates, als du ein Kind warst, hast du dir da manchmal gewünscht, du wärst irgendwo anders – an einem Ort, an dem mehr los ist?«

Socrates drehte sich um und starrte Danny an. Dann stand er abrupt auf. »Wenn du auf der Suche nach etwas Aufregendem an einem *anderen* Ort bist, dann gibt es da etwas, das du unbedingt sehen solltest.«

»Hoffentlich nicht noch mehr Ameisen«, neckte ihn Danny und folgte ihm die Anhöhe hinauf.

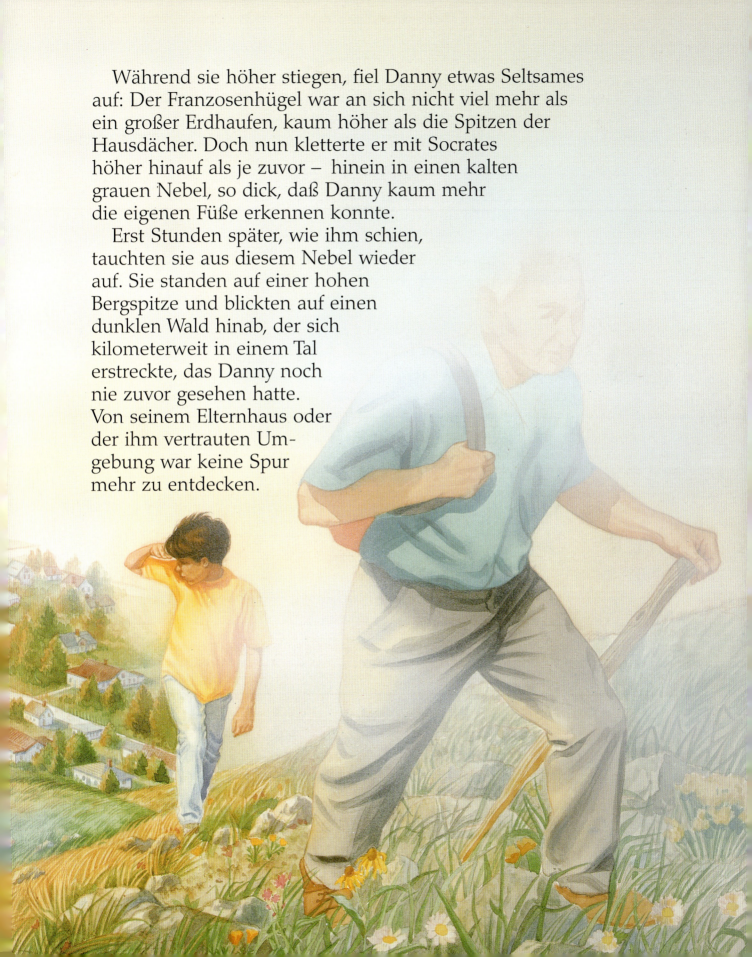

Während sie höher stiegen, fiel Danny etwas Seltsames auf: Der Franzosenhügel war an sich nicht viel mehr als ein großer Erdhaufen, kaum höher als die Spitzen der Hausdächer. Doch nun kletterte er mit Socrates höher hinauf als je zuvor – hinein in einen kalten grauen Nebel, so dick, daß Danny kaum mehr die eigenen Füße erkennen konnte.

Erst Stunden später, wie ihm schien, tauchten sie aus diesem Nebel wieder auf. Sie standen auf einer hohen Bergspitze und blickten auf einen dunklen Wald hinab, der sich kilometerweit in einem Tal erstreckte, das Danny noch nie zuvor gesehen hatte. Von seinem Elternhaus oder der ihm vertrauten Umgebung war keine Spur mehr zu entdecken.

Danny blinzelte in der Sonne, drehte sich dann um und erblickte vor sich eine alte graue Burg, still und leblos, zerfallen in den Stürmen der Zeit. Nur eine einzige Mauer, ein bröckelnder Turm und eine zersplitterte Zugbrücke waren übriggeblieben.

»Wo sind wir?« fragte Danny verwirrt.

»In einer anderen Welt«, antwortete Socrates. »Möchtest du sie gern erforschen?«

»Ja, klar!« sagte Danny. Doch da fesselte ein neuer Anblick seine Aufmerksamkeit. »Socrates, schau mal!« rief er und deutete auf eine ferne Bergspitze. Dort stand ein anderes Schloß, leuchtend wie eine smaragdgrün schimmernde Flamme – es war das Schönste, was er je gesehen hatte.

Socrates warf einen Blick auf das ferne Schloß und wandte sich dann wieder Danny zu. »Wie es aussieht, mußt du eine Entscheidung treffen: Entweder du bleibst hier, wo du bist, oder du machst dich auf die Suche nach dem Smaragdschloß.«

Danny warf noch einmal einen Blick auf die alte Burg und wandte sich dann wieder dem anderen Berg zu. Während er auf die leuchtenden Smaragdtürme starrte, hörte er in weiter Ferne Glocken läuten. Er glaubte, sich an dieses Geläute und an ein Zauberschloß zu erinnern – hatte er diese Szene schon einmal im Traum erlebt?

Danny blickte zu Socrates auf. »Ich soll aber zum Mittagessen zu Hause sein«, sagte er.

»Das schaffst du auch – *falls* du die Wanderung überlebst«, erwiderte Socrates.

»Was meinst du damit – *falls* ich sie überlebe?«

»Du wirst dieses Schloß nur am Ende einer langen und schwierigen Suche finden. Viele Gefahren warten im Dunkeln auf dich, und ich werde nicht da sein, um dir zu helfen.«

»Du kommst nicht mit?« Danny lief es plötzlich kalt über den Rücken.

»Nein«, antwortete Socrates. »Manche Dinge müssen wir allein tun. Und«, fügte er düster hinzu, »wenn du einmal damit angefangen hast, gibt es kein Zurück mehr. Du *mußt* das Schloß erreichen, wenn du den Heimweg wiederfinden willst.«

Danny hielt den Atem an. Einerseits wollte er dorthin, andererseits hatte er Angst. Wieder blickte er hinüber zu dem fernen Schloß, das im Sonnenlicht schimmerte, und dann hinunter auf den dunklen Wald. »Ich gehe«, sagte er entschieden. Sein Mut hatte über die Angst gesiegt.

»Dann soll es so sein«, sagte Socrates, nahm seinen Rucksack von den Schultern und reichte ihn Danny. »Alles, was du brauchst, ist hier drin. Paß gut darauf auf.«

Danny spähte in den Rucksack und entdeckte ein Messer, etwas Proviant, eine Feldflasche mit Wasser, Zündhölzer, eine Jacke und einen Feuerstein. Er hörte Socrates sagen: »Egal, wie hart es für dich wird, denk immer daran, daß du dich für diese Suche *entschieden* hast.«

Als Danny aufblickte, war der alte Mann verschwunden. »Socrates!« rief er. Die einzige Antwort war ein leises Seufzen im Wind.

Als Danny den Abhang hinunterstieg und in den Schatten der Bäume eintauchte, drang ihm ein eisiger Wind bis in die Knochen. Er zog die Jacke an. Plötzlich wurde der Abhang noch steiler. Er stolperte, taumelte und verlor schließlich ganz den Halt, als die Erde unter seinen Füßen nachgab. Er stürzte, rutschte, überschlug sich, grapschte nach Zweigen, die unter seinen Händen zerbrachen.

Endlich kam er unten an und blieb liegen – voller blauer Flecke und total verdreckt. Sein Rucksack war aufgerissen, der Inhalt lag verstreut auf dem Abhang über ihm.

Danny wischte sich das Gesicht ab und stellte fest, daß lediglich der Feuerstein in dem ruinierten Rucksack zurückgeblieben war. Ohne weiter darüber nachzudenken, stopfte er ihn in die Hosentasche. Socrates hatte ihm gesagt, es gebe kein Zurück. Doch jetzt, wo ihm alles weh tat und er hungrig und entmutigt war, hatte er das Gefühl, versagt zu haben, noch bevor alles überhaupt begonnen hatte.

»Ich muß Ruhe bewahren«, sagte er sich, »und herausfinden, wo ich bin und wo das Schloß ist.«

Er blickte an den riesigen Bäumen hinauf. »Ich muß da hinaufklettern. Das ist die einzige Möglichkeit.«

Also erklomm er keuchend, mit vor Anstrengung zitternden Muskeln, den größten Baum, der zu finden war. Als er schwankend auf dem obersten Ast saß, sah er durch einen feinen Nebelschleier hindurch das Schloß schimmern. Er brach einen dürren Zweig ab, warf ihn als Richtungsweiser auf den Waldboden und kletterte wieder hinunter. Zumindest war ihm jetzt die Richtung klar. Aber der Weg war so weit! Wie sollte er es schaffen, ohne Nahrung und Wasser? Angst kroch in ihm hoch. Da fiel ihm ein, was sein Vater einmal gesagt hatte: »Du kannst *alles* schaffen, wenn du immer einen Schritt nach dem anderen machst.« Und so unternahm Danny seinen ersten Schritt.

Zunächst kam er auf den breiten Waldwegen leicht voran, und so wanderte er auf einem weichen Teppich aus Blättern und Kiefernnadeln dahin. Doch der Pfad wurde immer schmaler und dunkler. Von Dornen zerstochen, mit schmerzenden Gliedern und allmählich schwach vor Hunger, kämpfte Danny sich durch dichtes, stacheliges Gestrüpp.
Leise Vogelrufe waren die einzigen Lebenszeichen in diesem Wald. Doch dann verstummten auch sie, und nur noch Dannys Atemzüge unterbrachen die Stille.

Die Abenddämmerung brach schon herein, als er eine kleine Lichtung betrat. Die Sonne versank, und Kälte und Dunkelheit senkten sich wie ein Vorhang auf ihn herab. »Ich muß ein F-feuer machen«, stammelte er. Er wußte, daß er sonst erfrieren würde. Danny sammelte Moos und trockene Zweige und schichtete alles kegelförmig auf. Dann suchte er mit erstarrten Fingern, die er kaum mehr spüren konnte, nach seinem Feuerstein und fand ihn schließlich in der hinteren Hosentasche. Immer wieder schlug er ihn gegen einen anderen Stein. »Mach schon, mach schon«, murmelte er. Endlich fiel ein orangefarbener Funke auf das trockene Moos. Vorsichtig blies er darauf und sah einen Rauchkringel aufsteigen. Dann flackerte plötzlich eine kleine Flamme auf.

Ein paar Minuten später lag Danny, vom Feuer gewärmt und gemütlich zusammengerollt, in einem Bett aus Laub. Er war hungrig, aber er fror nicht mehr und war froh, am Leben zu sein.

Er starrte in die knisternden Flammen unter dem Sternenhimmel, dachte an seine Freunde, seine Eltern und an die Alltagswelt, die er hinter sich gelassen hatte – und dann schlief Danny Morgan ein.

Er erwachte in eisiger Morgendämmerung. Ein kalter Nieselregen löschte die letzten Glutreste des Feuers. Danny fror bis auf die Knochen; er stand auf und begann zu laufen, um erst einmal warm zu werden. »Du mußt dir etwas zu essen suchen«, sagte er sich. »Und aus diesem Regen rauskommen.«

Keuchend entdeckte Danny schließlich einen hohlen Baumstamm. Er kauerte sich hinein und wartete, zitternd vor Kälte, die Arme um den Körper geschlungen, darauf, daß der Regen aufhörte. Dabei kam ihm in den Sinn, wie empört und mürrisch er gewesen war, als sein Vater den Fernseher abstellte und er so einfache Dinge erledigen sollte wie das Geschirr wegzuräumen und den Abfall hinauszutragen. Er bezweifelte, daß er sein Zuhause und seine Familie jemals wiedersehen würde.

Da hörte er Stimmen von den Bäumen und in seinem Innern flüstern: »Du bist verwöhnt ... faul ... schwach ... undankbar ... du verdienst es nicht, es zu schaffen ... gib auf ... mach einfach Schluß ...«

Danny stürzte in den Regen hinaus und versuchte, die Stimmen zu überhören, aber er fühlte sich so erschöpft, daß er kaum einen Fuß vor den anderen setzen konnte. Der Wald sog die Lebensenergie aus ihm heraus, die Stimmen raubten ihm seine Kräfte.

Schließlich lehnte er sich schwer gegen einen Baumstamm und ließ sich an ihm hinuntergleiten. Er wollte sich nur setzen, ein paar Minuten ausruhen, zu einem Teil der Blätter auf dem Waldboden werden.

Da fiel ihm ein, was sein Freund Carl einmal gesagt hatte: »Wenn alles ganz schlimm wird, hast du immer noch die Wahl – du kannst dich hinlegen und aufgeben oder aufstehen und kämpfen.« Danny öffnete mit einem Ruck die Augen, biß die Zähne zusammen, sammelte seine ganze noch verbliebene Willenskraft und rappelte sich hoch. Der Stimmenchor wurde lauter: »Du bist zu klein … zu schwach … du schaffst es nie …«

»Nein!« schrie Danny seinen unsichtbaren Feind an. »Du täuschst dich! Ich glaube dir nicht! Ich werde es schaffen!«

Die Stimmen verstummten. Im Wald war es wieder still. Und in diese Stille hinein begann ein Vogel zu singen. Ein Sonnenstrahl fiel durch die Bäume und ließ vor ihm ein ganzes Feld reifer Himbeeren aufleuchten. Er pflückte eine von ihnen, dann noch eine. Er kaute die süßen Früchte und füllte sich damit die Taschen. Als der Abend zu dämmern begann, fand er noch Haselnüsse und kam an einem klaren Bach vorbei, aus dem er trinken konnte. Der Tag hatte schlimm begonnen, aber gut geendet.

Der nächste Tagesmarsch führte Danny an den Rand einer tiefen Schlucht. Sein Blick glitt über die steilen Felswände hinab zu einem kleinen Bach, der weit unten vorbeirauschte. Irgendwie mußte er auf die andere Seite gelangen, aber die Kluft war mindestens vier Meter breit – zu weit, um hinüberzuspringen.

Er sah sich nach rechts und links um; die Schlucht erstreckte sich in beide Richtungen, so weit der Blick reichte. Danny ging weiter am Rand entlang und suchte nach einer Möglichkeit, hinüberzugelangen. Da schreckte er zusammen, denn plötzlich hörte er eine Stimme rufen: »Hilfe! Helft mir!«

Danny starrte zur anderen Seite hinüber und sah dort seinen Freund Carl in der Felswand hängen.

Es schien völlig unmöglich, aber so war es! »Carl! Ich bin's, Danny. Ich hole dich – halt dich fest!« Er suchte noch verzweifelter nach einer Möglichkeit, die Schlucht zu überqueren.

»Danny, ich rutsche ab!« schrie Carl.

»Halt dich fest, Carl, halt fest!« Dannys Stimme hallte von den Felswänden wider.

Da war keine Zeit mehr zum Überlegen. Er mußte etwas unternehmen, oder sein Freund würde abstürzen. Er ging ein paar Schritte zurück, um Anlauf zu nehmen, und konzentrierte sich auf die andere Seite der Schlucht.

Plötzlich sah er in seinem Innern Joy vor sich. »Los, probier's!« feuerte sie ihn an. Und er rannte, so schnell er konnte, zum Rand des Abgrunds und sprang mit einem Riesensatz vorwärts ins Leere. Doch er fiel wie ein Stein nach unten. Er konnte es nicht schaffen.

Aber er *mußte* es schaffen!

Seine einzige Chance war eine Baumwurzel, die aus der Felswand herausragte. Er griff nach ihr.

Danny erwischte sie und hielt sich an ihr fest. Mit größter Anstrengung hangelte er sich auf festen Boden empor, rollte zu seinem Freund hinüber und beugte sich über den Felsrand. »Carl, nimm meine Hand ...«

Doch Carl war verschwunden; an seiner Stelle saß leise wimmernd ein braunes Bärenjunges, dessen Hinterpfoten von dem gefährlichen Vorsprung, auf dem es hockte, abzurutschen drohten.

Völlig verwirrt griff Danny nach unten und zog den kleinen Bären zu sich hinauf. Das junge Tier blickte ihm in die Augen, und Danny hörte in seinem Innern eine Stimme sagen: »Freundlichkeit und Güte bewirken Freundlichkeit und Güte.« Dann verschwand der kleine Bär im Wald.

So setzte Danny seine Suche fort und ernährte sich von den Beeren und Nüssen, die er am Wegesrand fand. Er gewöhnte sich daran, stundenlang zu wandern und nur kurze Pausen im Sonnenschein einzulegen. Seine Füße waren wund, aber er spürte, daß er mit jedem Kilometer, den er hinter sich brachte, stärker wurde. Langsam kam er dem Smaragdschloß näher.

Auf diese Weise vergingen mehrere Tage. Dann, an einem späten Nachmittag, hörte Danny ein lautes Knistern; Rauch stieg ihm in die Nase. Das war kein Lagerfeuer, sondern es war der erstickende Geruch eines Waldbrands. Der Himmel war erfüllt von schwarzem Rauch und kreischenden Vögeln. Hirsche, Rehe, Hasen und andere kleine Geschöpfe rasten in verzweifelter Flucht an Danny vorbei. Angefacht vom Wind wälzte sich eine Feuerwand wie eine riesige rotglühende Flutwelle auf den Jungen zu. Der ganze Wald brannte.

In diesem Augenblick hörte Danny eine Stimme. Als er nach vorn starrte, lichtete sich der Rauch, und er sah jemanden, der fast völlig von den Flammen eingeschlossen war. »Nein, das *kann* nicht sein«, sagte er. Mit zusammengekniffenen Augen spähte er in das sich nähernde Feuer – und er sah Joy, die auf dem Boden lag und weinte; sie war mit dem Fuß in einer Baumwurzel steckengeblieben und versuchte verzweifelt, sich zu befreien.

Die Hände schützend vorm Gesicht, ging Danny auf sie zu, doch eine Hitzewoge ließ ihn zurückprallen. Dann drang Joys Aufschrei an sein Ohr, und er rannte, ohne zu überlegen, in die Flammen hinein. Er konnte nicht mehr atmen, die Luft selbst schien zu brennen. Seine Augen waren augenblicklich fast zugeschwollen, doch irgendwie gelang es ihm, an seine Freundin heranzukommen. »Joy!« rief er und ließ sich neben ihr auf den Boden fallen. Aber als einzige Antwort ertönte der klägliche Schrei eines Falken, dessen Klaue sich in einer Baumwurzel verfangen hatte und der in wilder Panik mit den Flügeln schlug. Joy war verschwunden.

Benommen befreite Danny den Fuß des Vogels. Statt zu flüchten, blieb der Falke still sitzen und starrte ihm in die Augen. Wieder vernahm der Junge in seinem Innern den Spruch: »Freundlichkeit und Güte bewirken Freundlichkeit und Güte.« Dann schwang sich der Vogel in die Lüfte.

In diesem Augenblick verschwanden Feuer und Wald, so als hätte es beides nie gegeben. Danny fand sich auf einer Wiese wieder, umgeben von blühenden Blumen in allen Farbschattierungen. In der kühlen Luft lag ein süßer Duft. »Das ist aber ein sehr merkwürdiger Wald«, murmelte Danny, während sich seine Augen schlossen und er bewußtlos ins weiche Gras fiel.

Als er am nächsten Morgen erwachte, sah er den Berg direkt vor sich aufragen. Das leuchtende Schloß schien irgendwo über ihm zu schweben. Danny brach sofort auf. Er drängte sich durch hüfthohes Schilf und Gras und merkte gar nicht, daß der Boden unter ihm immer weicher wurde – bis er plötzlich in eine Art Mulde fiel.

Bevor er wußte, wie ihm geschah, steckte er bis zur Hüfte in einer Treibsandmulde. Er versuchte herauszukriechen, aber es gelang ihm nicht; der Treibsand hielt ihn gefangen.

Mit jeder Bewegung sank er tiefer ein; bald war er bis zur Brust eingesunken. Er griff nach einem Schilfrohr, doch es zerbrach in seiner Hand. »Denk nach!« sagte er zu sich selbst. »Wehre dich! Gib nicht auf!« Er hob das Kinn und sah den niedrig hängenden Zweig eines nahe stehenden Baumes. Mühsam befreite er einen Arm und griff danach.

Seine Hand drohte abzugleiten, er geriet in Panik. Da hallten Socs Worte wie ein Echo in seinem Innern wider: »Egal, wie hart es für dich wird, denke immer daran, daß du dich für diese Suche *entschieden* hast.«

Mit ungeheurer Anstrengung schob Danny auch die andere Hand hinaus, hielt den Zweig fest und begann, sich hinaufzuziehen. »Wenn der Zweig nur hält!« flehte er innerlich. Langsam befreite er sich aus dem nassen Sand. Doch dann, als er gerade glaubte, es geschafft zu haben, brach der Zweig. Danny plumpste zurück und versank vollständig unter der Oberfläche.

In völligem Dunkel spürte er einen Ruck an dem Zweig; er hielt ihn krampfhaft fest. Und plötzlich wurde er aus dem Treibsand heraus- und auf festen Boden gezogen. Hustend wischte er sich den Sand aus den Augen, hob den Kopf und sah gerade noch eine Bärenmutter und ihr Junges im Wald verschwinden. »Freundlichkeit und Güte bewirken Freundlichkeit und Güte«, hörte er wieder die Stimme in seinem Innern sagen.

In einiger Entfernung stieß Danny auf einen Teich mit frischem, klarem Wasser und reinigte sich vom Sand, der an Kleidern und Körper klebte. Erfrischt setzte er seinen Weg fort, und als die Dunkelheit hereinbrach, legte er sich nieder und fiel in tiefen Schlaf.

Als er erwachte, schien die Sonne hell auf die Felsen des Berges, der steil vor ihm aufragte. Irgendwo dort oben in den Wolken wartete das Smaragdschloß auf ihn. Ohne zu zögern, begann Danny bergaufzuklettern.

Zunächst fand er viele Vorsprünge und Ritzen, die seinen Händen und Zehen Halt boten. Doch als er höher hinaufgekommen war, geschah es, daß er nur noch mit einer Hand und einem Fuß in der Felswand hing und vergeblich nach neuem Halt suchte. Seine Finger schmerzten, und Wind kam auf.

Unter seinem Fuß bröckelte ein großer Stein ab, der gut hundert Meter hinabstürzte und Danny fast mitgenommen hätte. Der Wind zerrte an seinen Kleidern, er rutschte ab – und diesmal gab es nichts, was ihn retten konnte. Fast wie in Zeitlupe fiel er nach hinten. Vor sich sah er die Gesichter seiner Eltern und von Joy, Carl und Socrates, als er, sich überschlagend, ins Leere und auf die Felsen unter ihm zustürzte.

Doch wie durch Zauberei verlangsamte sich sein Fall – Danny wurde von einem riesigen Schwarm von Falken aufgefangen. Mit sanftem Schlag trugen ihn unzählige Flügel wieder in die Höhe, der Bergspitze entgegen. Sacht legten ihn die Vögel auf einer weichen Wiese ab. »Freundlichkeit und Güte bewirken Freundlichkeit und Güte«, hörte er sie in seinem Innern sagen.

Danny sprach ein stilles »Danke«, als der Vogelschwarm in den Himmel aufstieg und verschwand. Dann stand er auf, holte tief Luft und wandte sich den schwach schimmernden Umrissen des Schlosses zu, das nun ganz in seiner Nähe lag.

Als er aus dem Nebel auftauchte, stieß er einen Laut der Enttäuschung aus. Das Schloß vor ihm bestand nicht aus Kristallgestein, sondern vor ihm lag ein altes, verfallenes Gemäuer, so wie jenes, das er vor vielen Tagen hinter sich gelassen hatte. Was wie eine smaragdgrüne Flamme geleuchtet hatte, war das Sonnenlicht, das sich in den moosbedeckten und taufeuchten Steinen widerspiegelte.

Plötzlich tauchte wie aus dem Nichts Socrates auf und legte die Hand auf Dannys Schulter.

»Socrates!« rief er, überrascht, seinen alten Freund wiederzusehen. »Das Schloß da ist ja gar nicht aus Smaragd.«

Soc kniete neben Danny nieder. »Ja, das habe ich auch bemerkt«, erwiderte er und deutete nach hinten auf den Berg, von dem aus Dannys Suche ihren Anfang genommen hatte. Verblüfft sah der Junge dort in der Ferne ein wunderschönes Schloß, das wie ein reiner Smaragd leuchtete.

»Die Dinge sehen aus der Ferne oft schöner aus«, sagte Socrates. »Und manchmal fällt es uns schwer, Gefallen an dem zu finden, was direkt vor unserer Nase liegt.«

»Dann war also alles umsonst«, murmelte Danny enttäuscht.

»Alles umsonst? Nein, das glaube ich nicht. Schau dich an – schau, wie groß du dastehst. Du hast dich *verändert*. Und was du auf deiner Suche gelernt hast, hätte ich dich zu Hause nie lehren können. Was macht es schon, wenn am Ende des Regenbogens kein mit Gold gefüllter Topf steht? Der Lohn der Reise findet sich nicht an ihrem Ende, Danny. *Es ist die Reise selbst, die dich zum friedvollen Krieger macht.*«

Danny sah sein Ebenbild in der spiegelnden Oberfläche eines Teichs. Socrates hatte recht. Er hatte sich verändert. Er war größer geworden. Er fühlte sich älter, stärker und weiser. Er hatte herausgefunden, daß er zu mehr Dingen fähig war, als er sich je hätte vorstellen können.

»Socrates«, sagte Danny lächelnd, »ich bin jetzt bereit, nach Hause zu gehen.«

Socrates erwiderte sein Lächeln und wies auf einen Baum in der Nähe. »Die Äpfel werden schon reif. Holen wir uns ein paar.« Und flugs kletterte er hinauf.

Danny merkte plötzlich, daß er hungrig war, kletterte ihm nach, ließ sich auf einem kräftigen Ast nieder und biß in eine der frischen, saftigen Früchte.

»Weißt du«, sagte Danny und sah sich um, »der Baum sieht ganz so aus wie der in deinem Garten.«

»Wirklich?« fragte Socrates. Dann lächelte er verschmitzt, ließ sich an einem Ast herunter und sprang auf die Erde.

Auch Danny sprang hinunter. »Ich meine es ernst ... er sieht wirklich aus wie ...«

Sprachlos drehte er sich um. Sie standen tatsächlich unter dem Apfelbaum in Socrates' Vorgarten!

»Wenn du dich beeilst, schaffst du es noch rechtzeitig nach Hause zum Mittagessen«, sagte Socrates lächelnd.

Danny wischte sich die schmutzigen Schuhe ab und trat ins Haus. Halb erwartete er, daß seine Eltern außer sich vor Schreck, aber doch glücklich auf ihn zustürmten und fragen würden, wo er gesteckt habe. Doch sein Vater hob nur den Kopf und lächelte ihm zu. Seine Mutter kam ins Zimmer, warf einen prüfenden Blick auf ihren Sohn und sagte: »Ich verstehe nicht, wie ihr Jungs es immer schafft, euch so schmutzig zu machen! Danny Morgan, wasch dich erst, wenn du ein Mittagessen haben willst.«

»Ja, Mama«, antwortete Danny munter und begab sich ins Badezimmer.

Beim Essen sagte er dann plötzlich: »Danke für das Mittagessen, Mama – es schmeckt wunderbar. Und Paps, kann ich dir bei irgend etwas helfen, wenn wir fertig sind?«

Seine Eltern sahen sich an und blickten dann auf ihren Sohn. »Ist mit dir alles in Ordnung, Danny?« fragten sie wie aus einem Mund.

Danny dachte an seine Suche nach dem Smaragdschloß. Dann lächelte er. »Ich fühle mich prima«, sagte er nur.

Die Originalausgabe erschien unter dem Titel *Quest For The Crystal Castle,
A Peaceful Warrior Children's Book*, erschienen bei HJ Kramer, Tiburon, CA 94920, USA

Copyright 1992 by Dan Millman für den Text und bei T. Taylor Bruce für die Illustrationen

Der Ansata Verlag ist ein Unternehmen
der Verlagshaus Goethestraße GmbH & Co. KG

ISBN 3-7787-7203-1

© 1999 für die deutschsprachige Ausgabe
by Verlagshaus Goethestraße GmbH & Co. KG, München
Alle Rechte vorbehalten. Printed in Germany.
Gesetzt aus der Palatino bei Franzis print & media GmbH, München
Druck und Bindung: Westermann, Zwickau